Laura Vil

LEO SOLITO

Don Quijote de la Mancha

3.ª edición

Ilustrado por
César Barceló

Bruño

PERSONAJES

SANCHO

DULCINEA

EN UN LUGAR DE LA MANCHA…

VIVIÓ HACE MUCHO TIEMPO
UN CABALLERO
MUY VALIENTE.

SE LLAMABA
ALONSO QUIJANO,

Y DE TANTO LEER LIBROS
DE AVENTURAS
QUISO VIVIR LAS SUYAS.

SU NOMBRE DE CABALLERO
SERÍA DON QUIJOTE.

TENÍA UN CABALLO FLACO.
—SERÁ MUY ELEGANTE
QUE TE LLAME ROCINANTE
—DIJO DON QUIJOTE.

SE PUSO UNA ARMADURA
PARA PROTEGERSE
DE LOS GOLPES
EN LAS BATALLAS.

DON QUIJOTE QUERÍA DEFENDER A LOS DÉBILES DE LOS ABUSONES.

PARA AYUDARLE TENÍA
A SU ESCUDERO.

SE LLAMABA SANCHO PANZA
Y SIEMPRE IBA MONTADO
EN UN BURRO.

YA SOLO NECESITABA TENER UNA ENAMORADA, COMO TODOS LOS CABALLEROS DE LAS HISTORIAS QUE LEÍA.

SE ACORDÓ
DE ALDONZA LORENZO,
UNA MUCHACHA QUE VIVÍA
EN UN PUEBLO CERCANO
Y QUE LE GUSTABA MUCHO.

SU NOMBRE ME PARECE UN POCO SOSO... ¡DULCINEA DEL TOBOSO SUENA MÁS ESTILOSO!

Y ES QUE LA MUCHACHA
NO ERA GRAN COSA,
PERO NUESTRO CABALLERO
LA CREÍA NOBLE Y HERMOSA.

CUANDO TODO
ESTUVO PREPARADO,
DON QUIJOTE Y SANCHO
¡SALIERON A CABALGAR
EN BUSCA DE AVENTURAS!

DON QUIJOTE TENÍA
MUCHA IMAGINACIÓN
Y, A VECES, CONFUNDÍA
LA REALIDAD
CON LA FICCIÓN.

COMO EL DÍA QUE ATACÓ A UNOS MOLINOS PENSANDO QUE ERAN PELIGROSOS GIGANTES.

¡CATAPLAF! QUEDÓ
ENGANCHADO EN UN ASPA
Y CON EL CUERPO DOLORIDO.

TAMBIÉN CREYÓ
QUE UN REBAÑO DE OVEJAS
ERA UN GRAN EJÉRCITO
AL QUE DEBÍA ATACAR.

ESO NO LE HIZO GRACIA
A LOS PASTORES,
QUE LE TIRARON PIEDRAS
PARA DEFENDERLAS.

HUBO UN DÍA
QUE CONSIGUIÓ
UN CASCO MÁGICO.

—¡PERO SI ESO
ES LA PALANGANA
DE UN BARBERO!
—LE REPETÍA SANCHO.

SANCHO SIEMPRE QUERÍA
QUE DON QUIJOTE VIESE
LAS COSAS COMO SON
Y QUE NO TUVIESE
TANTA IMAGINACIÓN.

PARA DEMOSTRAR
A SU AMADA LO VALIENTE
QUE ERA, DON QUIJOTE
SE ENFRENTÓ A UN LEÓN.

LA FIERA ESTABA CANSADA
Y SE TUMBÓ.
—¡SE HA RENDIDO
Y YO HE VENCIDO!
—EXCLAMÓ DON QUIJOTE.

ESE DÍA SE SINTIÓ
MUY IMPORTANTE.
¡HABÍA GANADO
AL REY DE LA SELVA!

EN OTRA OCASIÓN,
CABALLERO Y ESCUDERO
LLEGARON AL PALACIO
DE UN DUQUE.

LE PIDIERON QUE DOMASE
A UN CABALLO VOLADOR,
PERO ERA UNA TRAMPA
PARA BURLARSE DE ÉL.

AL POBRE LE PUSIERON UN CABALLO DE MADERA CON PETARDOS. ¡VAYA SUSTO!

EL MISMO DUQUE TAMBIÉN QUISO GASTARLE UNA BROMA A SANCHO PANZA.

—¡SERÁS EL GOBERNADOR DE BARATARIA, SANCHO! —ANUNCIÓ EL DUQUE.

¡UNA ISLA PARA ÉL SOLO!
¡SERÍA EL MANDAMÁS!
PODRÍA HACER TODO
LO QUE QUISIESE Y DEJARSE
DE TANTA AVENTURA.

PERO ALLÍ UN DOCTOR
LE HIZO CREER QUE ESTABA
ENFERMO Y QUE NO PODÍA
COMER NADA.

EL POBRE PASÓ
MUCHA HAMBRE MIENTRAS
LE PONÍAN COMIDA
MUY RICA DELANTE.

SANCHO VUELVE
CON DON QUIJOTE.

CUANDO ESTÁ CON ÉL
RECIBE MUCHOS GOLPES,
PERO ALGO SE LLEVA
A LA BOCA.

POCO DESPUÉS, UN AMIGO
DE DON QUIJOTE
SE DISFRAZA DE CABALLERO
Y SALE EN SU BUSCA.

—SI PERDÉIS, DEBÉIS DEJAR LAS AVENTURAS —DESAFÍA EL CABALLERO MISTERIOSO.

SU FAMILIA LO HABÍA ENVIADO PORQUE ESTABAN MUY PREOCUPADOS POR ÉL.

DON QUIJOTE Y SANCHO REGRESAN A CASA. AMBOS HAN APRENDIDO MUCHO.

RECUERDA PALABRAS

LIBROS

CABALLERO

ESCUDERO

MOLINO

ARMADURA

REBAÑO

CABALLO

ISLA

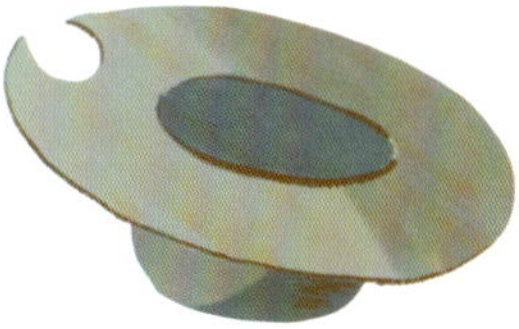

PALANGANA

BURRO

PETARDOS

LEÓN

PARA SABER MÁS

Don Quijote de la Mancha es uno de los libros más importantes y conocidos del mundo entero. Lo escribió Miguel de Cervantes, el escritor español más célebre.

En esta historia, Cervantes nos habla de la justicia y la libertad. Don Quijote, después de leer muchos libros de caballeros, quiere luchar para defender a los débiles.

Aunque Sancho Panza no entiende a don Quijote, los dos se harán grandes amigos.

ACTIVIDADES

PALABRAS TENDIDAS. En unas pinzas de la ropa, escribe las letras que forman los nombres de los principales personajes. En un papel, escribe esos mismos nombres. ¡Ahora toca unir cada pinza con su letra!

¿PREPARADOS PARA LA AVENTURA? ¿Qué crees que necesitarías para ir de aventuras? ¿Qué llevarías a la selva? ¿Y al desierto? Y para una aventura en el mar, ¿qué no faltaría en tu mochila?

LA MANCHA. Busca en un mapa dónde está La Mancha y señálalo. ¿Te animas a buscar en internet, con ayuda de tu familia, cómo son los molinos contra los que luchó don Quijote?

Dirección editorial: Begoña Lozano
Edición: Laura Trueba
Diseño: Álex Alonso
Preimpresión: Alberto García

Valentín Beato, 21. 28037 Madrid
www.brunolibros.es

Primera edición: marzo 2025
Tercera edición: abril 2026

ISBN: 978-84-696-4306-8
Depósito legal: M-86-2025